# वो प्यार, मोहब्बत की कहानी

वो प्यार, मोहब्बत की कहानी

# वो प्यार, मोहब्बत की कहानी

निपुण गुप्ता

सन्मति

ISBN: 978-93-88365-89-5



प्रकाशक

सन्मति पब्लिशर्स एण्ड डिस्ट्रीब्यूटर्स

बी–347, संजय विहार,

मेरठ रोड, हापुड़–245101 (उ0प्र0)

website : www.sanmatiindia.com

email: sanmati555@gmail.com

मोबाइल : 8439645104, 7302710291

प्रथम संस्करण: 2020

आवरण

RETROTECK

यादों का हुजूम आया था, मुझे अपना बनाने
मेरी कलम से जो टकराया, तो किताब बन गया।

# उसकी याद

मैं अपने कमरे की बालकनी में बैठा चाय पी रहा था । अपनी ही धुन में खोया हुआ, ना जाने किस विचार के साथ गप्पे मार रहा था ।

बारिश, जो कुछ देर पहले बस नाममात्र थी, अब विकराल रूप ले चुकी थी । हवा के ठंडे-ठंडे झोंके मेरी चाय के गरम और मेरे ठंडे चेहरे को इस तरह छू रहे थे, जैसे मानों आज ही हम दोनों को हरा कर अपना गुलाम बना लेंगे ।

वो मिट्टी की मंद-मंद सी खुशबु भी मेरा ध्यान अपनी तरफ खींचने को बेकरार थी, पर मैं था कि बस अपने ख्यालों की दुनिया से बाहर आने को तैयार ही नहीं ।

बाहर आऊँ भी कैसे, मेरे ख्यालों के सागर में उसकी कश्ती जो तैर रही थी । इतना वक़्त हो गया उससे रुबरू हुए । हाँ अभी हम साथ नहीं रहते, या यूँ कह लीजिये कि अभी मैं उसके साथ नहीं, क्यूँकी उसने तो मेरा साथ एक क्षण के लिये भी नहीं छोड़ा ।

कभी आधी रात का ख्याल बनकर, तो कभी सर्द हवा का झोंका, कभी बेचैन सपनों में, तो कभी हँसते चेहरों के पीछे छुपे गहरे सन्नाटों में, हमेशा उसने मेरा साथ दिया ।

या यह कहना ज्यादा ठीक होगा की उसकी यादें उससे थोड़ी ज्यादा वफादार निकली।

पर आज का हाल कुछ अलग है। आज उसको याद करके मेरी आँख से वो नमकीन पानी, जिसमें लोगों के लिए दुनिया भर के जज़्बात भरे होते है, नहीं आ रहे बल्कि ठहरी-ठहरी सी हँसी है जो मेरे होठों को फैलाते हुए एक बड़ी सी मुस्कान दिये जा रही है। मेरे माथे की शिकन को बढ़ाने की जगह आज उसकी याद ने इसे मिटाने की ठानी है।

रोक लो, कोई तो रोक लो इस पल को, उसके ना सही तो उसकी यादों के साथ ही मैं खुश हूँ।

सपने में जिस तरह वो, समुद्र के किनारे उन लहरों के साथ खेल रही है, मानों उसको कभी बचपन की छाया ने छोड़ा ही नहीं। वो उसके चेहरे की मुस्कान यह साफ जता रही है कि इस वक़्त उसे खुद के सिवा किसी की परवाह नहीं, ना दुनिया की, ना दुनिया वालों की और मेरी तो बिल्कुल भी नहीं।

यही मुस्कान तो मुझे पसंद है, इसमें सुकून है। मेरा सुकून, जिसके लिए मैं बेहद स्वार्थी हूँ। चमचमाते दिन की चमचमाहट, आज उसकी आँखों की चकाचौंध के सामने फीकी लग रही है।

और उसकी वो लट... हाँ वही जो उसके गालों को ठीक उसी तरह छू रही है जिस तरह मैं उन्हें छूना चहाता हूँ।

दूर खड़ा मैं बस उसको निहार रहा हूँ, मानो इस दुनिया में इससे ज्यादा खुबसूरत और कोई चीज़ नहीं । मेरा दिल मेरे से ज्यादा मुस्कुरा रहा है ।

मेरी आँखें उसके चेहरे को छूते-छूते उसकी आँखो से जा टकराई ।

मैं सहम गया... थोड़ा घबरा भी गया । झट से अपनी आँखों को छुपा लिया... बस इस डर से कि यह जो हसीन सा पल है... इन नजरों की तकरार की वजह से कहीं मेरे हाथ से, निकल ना जाये । मैं खुद को ही कोसने लगा ।

आखिर क्या जरुरत थी इतना मग्न होने की कि तुम्हारी चीखती हुई आँखों ने उसके कानों तक जाकर, उन्हें तुम्हारे दिल की धड़कन सुना दी ।

आखिर क्या जरुरत थी, इस तरह उसे अपनी आँखों से छूने की, वो काम उसकी लट कर तो रही थी ।

इन बेबुनियाद और बेढ़ंगे सवालों से मैं लड़ ही रहा था कि एक "सुनो" का तीर सीधा मेरे दिल पर आ लगा । खुद को अपने बेगैरत सवालों से खींच कर मैंने अपनी पलकों को उठाया ही था कि मेरा दिल फिसल पड़ा ।

वो सामने खड़ी थी । धक-धक... धक-धक... यह मेरा दिल बुलेट ट्रेन सा क्यूँ भाग रहा था । हल्के, कहीं वो इसकी आवाज सुन ना ले ।

अपने सारे शब्दों को समेट कर भी मैं सिर्फ "उम्म्म" कह सका।

"उम्म्म" यह भी कोई शब्द था। पर क्या करता उसकी आँखो के समंदर में तो मैं इस तरह डूबता जा रहा था मानों डूबकर ही जी पाऊँगा। मेरे सारे शब्द आज उसके सामने फीके पड़ चुके थे।

उसने थोड़ा सा शर्माते हुए पुछा, "बस देखते ही रहोगे या मेरे साथ इन लहरों से टकराने भी चलोगे।"

अब उस पगली को कौन समझाए कि उसके लिए लहरें क्या, मैं तो पूरे समंदर से लड़ जाता। उसका हाथ थाम कर मैं समंदर की ओर चल दिया।

उस पल मेरे दिमाग में बस "किशोर साहब" की यही पंक्तियाँ फूट रही थी:

*यूँ तो अकेला ही अक्सर गिर के संभल सकता हूँ मैं,*
*तुम जो पकड़ लो हाथ मेरा दुनिया बदल सकता हूँ मैं।*

सच उसके हाथ में कोई तो जादू था, बस ऐसा लग रहा था मानो अपनी सभी बेचैनियों पर फ़तह हासिल कर, मैं अपना सीना चौड़ा करे चला जा रहा हूँ। कहाँ? वो मुझे क्या पता। वह तो यही लड़की जानती है जो मेरा हाथ पकड़ कर मुझे लिए जा रही है।

इसके पीछे-पीछे चलते हुए मैनें कब सोचा है कि मंज़िल क्या होगी? रास्ता जो इतना हसीन है कि मंज़िल तक पहुँचने का ख्याल कभी सताता ही नहीं । क्या वह सच में रास्ता ही था या इसके साथ का कोई जादू ।

खैर जो भी हो बस पसंद आना ज्यादा महत्तवपूर्ण है । बस इन सब बातों से मैं उभरा ही था कि ठंडे पानी का नमकीन तमाचा मेरे चेहरे पर जोर से आ लगा ।

"अपनी सोच के सागर में अकेले ही डूबते रहोगे, कभी मेरे साथ इन लहरों से जुड़ कर भी देख लो । डरो मत डूबने नहीं दूँगी ।"

पर मैं तो डूबना ही चाहता हूँ, उसके प्यार में । कुछ इस तरह कि मेरे रहने का पता कभी उसकी आँखों के ज़िक्र के बिना पूरा ना हो ।

बस इस छोटे से सपने को मैंने लूप पर लगा कर, बार-बार देखने की ख्वाईश करी ही थी कि कम्बख्त मोबाइल बज पड़ा । हम जो चाहते है वही हमसे सबसे पहले छिनता है ।

वो प्यार, मोहब्बत की कहानी/ निपुण गुप्ता/12

उफ ये चाय भी ठंडी हो चली बिल्कुल मेरे चेहरे की तरह
और बारिश भी रुक गई बिल्कुल उसकी यादों की तरह ।

यादों का कारवां इन्सान के बारे में बहुत कुछ बताता है,
उसकी सोच, उसके विचार और दिल का हाल समझाता है ।

आज में होकर भी वो कैसे कल में खो जाता है,
उन बीते हुए पलों से कैसे वो थोड़ी खुशी चुरा लाता है ।

# बारिश

आसमान की गोद से, बूँदों ने जो छलांग लगाई

छप-छप तप-तप करती, बारिश के रूप में धरती पर आई

कभी खुशी तो कभी गम, अपनी जेबों में भर लाई

कभी सड़कों पर गिरी जोर से, कभी पत्तों पर सज पाई


जब मिट्टी को बूँद-बूँद ने, अपने हाथों से नहलाया था

रोम-रोम उसका, मंद-मंद मुस्काया था

थाम हाथ उस मृण-महक ने जब, घर आंगन महकाया था,

मेरी यादों के हुजूम को तब, चाय का प्याला याद आया था।


इस चाय का बारिश से, रिश्ता बहुत पुराना है

एक के बिना दुजा अधूरा, यह तो सबने जाना है

जब एक तरफ गरम चुस्की, होठों को लुभाती है,

वही दूसरी ओर ठंडी बूँद चेहरे पर गिर कर, दिल में उतर जाती हैं।

वो प्यार, मोहब्बत की कहानी/ निपुण गुप्ता/16

# रास्ता

यह रास्ता अनदेखा, अंजान
मंज़िल मिलेगी या नहीं इस बात से परेशान
लिए जा रहा है मुझे दूर, बहुत दूर


इस राह पर हैरत है, तजुर्बा है और गम का काटा है
यहाँ पर मैनें अपनों के साथ खुशियो को भी बाँटा है


गिर कर संभलना और संभल कर गिरने का लगा रहता है सुरूर
यह रास्ता लेकर जा रहा है मुझे बहुत दूर


गहरे सन्नाटे में मैनें किलकारी को सुना है
चिख्ती चिल्लाती आवाज़ों के बीच अकेलेपन को बुना है


जीतते दिमाग और हारते दिल का क्या कसूर
यह रास्ता लेकर जा रहा है मुझे बहुत दूर


मंजिल की चाह में मंजिल से भटका हूँ
सफर को सुहाना करते-करते सफर में अटका हूँ


सबको पाते-पाते खोया खुद का ही नूर
यह रास्ता लेकर जा रहा है मुझे बहुत दूर...

# प्यार या आदत

आदत... एक बहुत छोटा सा शब्द जिसके वजन के नीचे आपकी पूरी जिंदगी दब कर चूर-चूर हो जाए, तब भी आप इससे बेवफ़ाई करने का नहीं सोचेंगे।

यह अजीब तरह का, कमाल का जुनून है। सही चीज़ की आदत लग जाए तो जिंदगी के हर लम्हें को सितारों को छूने जैसा अनमोल बना दे और आदत गलत की लग जाए तो हर गुज़रते लम्हें के साथ तुम्हारे अंदर जिंदा हर खुशी, हर उम्मीद को आहिस्ता-आहिस्ता निकाल कर, तुम्हारे ही खिलाफ इस तरह भड़का दे कि वह तुम्हारी तरफ देखना तक लाजमी ना समझे।

पर आदत जैसे खूबसूरत जुनून को पा लेना कोई मिनटों का काम नहीं। एक जमाना निकल जाता है इस पेड़ को सींच कर बड़ा करने में और एक बार यह पेड़ बड़ा होकर फल देने लगे तो इसको काटने में आप खुद को भी खो बैठोगे।

कुछ ऐसा ही अधूरापन मुझे उसके दूर जाने के बाद से सताता है। हाँ, वह आदत है मेरी...

***

सुबह-सुबह, दिन की शुरुआत होते ही मेरी आँख बाद में खुलती है, फोन पहले हाथ में आ जाता है । आखिर सपनों में उसका साथ छोड़ असल जिंदगी में वापस आने के लिए मुझे उसके पास होने का एहसास जरुरी है ।

अब वह हजारों किलोमीटर दूर से उड़ कर मेरे पास, मुझे जगाने तो आएगी नहीं, इसलिए उसकी जगह, उसकी कमी को पूरा करने के लिए उसका एक छोटा सा संदेश फ़ोन पर आ जाता था... फ्री और एक क्षण में डिलीवरी... *Good Morning*

मुझे कभी अलार्म लगाने की जरूरत ही नहीं पड़ी । सुबह-सुबह मैसेज टोन बजते ही, मेरी नींद अपने आप खुल जाती । पता होता था कि उसका ही मैसेज होगा ।

मैं सोचता था कि माँ फिजूल में ही इतनी मेहनत करती हैं । रोज़ सुबह, इस कंपा देने वाली सर्दी में, अपना गरम कंबल छोड़ कर मुझे उठाने के लिए आती हैं । उन्हें कितनी ही बार समझाया कि "इस अलार्म क्लॉक को भी तो कुछ काम करने दिया करो... उठा देगी यह मुझे और शायद मैं उठ भी जाऊँगा" पर वह तो माँ है ना, सुनेगी थोड़ी ।

खैर, माँ आती है मुझे उठाती है और चली जाती है । उनके जाते ही मैं फिर कंबल तान सो जाता हूँ और सो भी क्यूँ नहीं, आखिर सपने हकीकत से ज़्यादा खूबसूरत है मेरे ।

अगर इतनी तकलीफ लेने की जगह माँ एक मैसेज कर देती तो क्या होता?

मुझे यकीन है कि मैं उठ जाता। जब मैं किसी अजनबी को अपना मान उसकी इतनी सुन सकता हूँ तो माँ से तो मेरी पहचान शुरू हुई है। उनकी बात तो नज़रंदाज करी जा ही नहीं सकती।

हम उस चीज़ की कदर कभी नहीं करते जो हमें आसानी से मिल जाती है, जैसे माँ का निस्वाथ प्रेम।

***

हम दोनों को साथ में देखकर कोई पहली नज़र में कह ही नहीं सकता कि हमें एक दूसरे की आदत है। साथ देने से ज्यादा मज़ा हमें एक दूसरे की खिंचाई करने में आता है। जब वह नाराज़ होकर अपना मुँह फूला लेती है, तो उसके होंठों के ऊपर का वह तिल और भी आकर्षित हो जाता है।

जहाँ एक तरफ उसको परेशान देख, मैं बावला सा हो जाता हूँ वही दूसरी तरफ अगर उसको परेशान ना करूँ तो मेरा दिन अधूरा सा रह जाता है। बहुत ही अनोखा सा रिश्ता है हमारा, जैसे दोस्ती ने अपनी बाँहों में जकड़ कर ऊपर से प्यार का कंबल डाल लिया हो।

हमारी कुछ ऐसी आदतें है जिसे देख सामने वाला हमारे प्यार पर संदेह करे बिना रह ही नहीं सकता।

ना जाने क्यूँ हमें एक दूसरे से मुकाबला करना बहुत भाता है । ज़िंदगी की दौड़ में तो मैं उसे हमेशा खुद से आगे देखना पसंद करूँगा पर किसी मनोरंजन वाले खेल या किसी प्रतियोगीता में वह मुझसे आगे निकल जाए तो मेरे खून में जैसे लावा सा बहने लगता है । बड़ा ही अनोखा और शब्दों के परे है यह भाव पर जब हम आमने-सामने एक दूसरे के खिलाफ खेल रहे होते है, तो इसे हमारी आँखों में साफ देखा जा सकता है । उसको मुकाबले में हरा कर जो खुशी की प्राप्ति होती है, वह उसकी बाँहों में दिन भर खोए रहने से भी अधिक प्रिय है मुझे ।

काफी अद्भुत सी आदत है पर मेरी सबसे पसंदीदा । शायद यही हमें सबसे अलग बनाती है ।

क्या वह प्यार नहीं सिर्फ आदत है मेरी । यह एक सवाल मैंने खुद से लाखों बार पूछा है पर ना जाने क्यूँ इसके जवाब से कभी मुलाकात नहीं हो पाई या शायद मैं जवाब से मिलना ही नहीं चाहता था । क्या पता इस सीधे से सवाल का जवाब मुझे मुझसे कितना दूर ले जाए ।

अब चाहे प्यार की आदत कहो या आदत से प्यार, मुझे मेरे बिस्तर पर पड़ी सिल्वटो के बिना अब शायद नींद नहीं आएगी ।

तेज़ तपती इस धूप में छाँव की बहार थी,

तेरी गोदी में सर रख मेरी ज़िन्दगी खुशहाल थी ।

दूर होकर भी पास के एहसास की बौछार थी,

और तुझसे ही तो जुड़ी हुई मेरी आदतें हज़ार थी ।

# तुझे जानना मुझे पसंद है

यूँ तो तू बहुत सहनशील है

पर तेरा मेरी बाहों में टूट जाना मुझे पसंद है

यूँ तो तू दुनिया के सामने बहुत समझदार है

पर तेरा मेरे सामने बच्चा बन जाना मुझे पसंद है

यूँ तो मैं खुद को भी नहीं ढूँढ पाता इस जहान में

पर हुजूम में तेरी परछाई को पहचान पाना मुझे पसंद है

यूँ तो मैं तुझे सदियों से जनता हूँ

पर तुझे रोज़ थोड़ा थोड़ा जानना मुझे पसंद है...


यूँ तो मैं तुझे रोज़ भूलाता हूँ

याद ना करके भी तेरी याद आना मुझे पसंद है

यूँ तो गिरकर खुद ही संभल जाता हूँ मैं

पर उस संभालने में तेरा हाथ बढ़ाना मुझे पसंद है

यूँ तो अकेलापन भी भाता है मुझे

पर तेरा मेरे अकेलेपन में साथ निभाना मुझे पसंद है

यूँ तो तू आज भी परायी है

पर तुझे अपना बनाना मुझे पसंद है...

वो प्यार, मोहब्बत की कहानी/ निपुण गुप्ता/24

# माँ

ली है किताब, पर दिमाग में अंधेरा है
दिल में ना जाने क्यूँ, खौफ का बसेरा है

चलते-चलते धड़कन क्यूँ, रुक सी जा रही है
क्यूँ माँ मुझे तेरी याद सता रही है

चेहरे पर मुस्कान लिए, मैं चला जा रहा हूँ
आँखों में बसी नमी में गमों को छुपा रहा हूँ

चीख रहा है मन, पर आवाज़ छुपा रही है
क्यूँ माँ मुझे तेरी याद सता रही है

तू पास नहीं सोच के सहम जाता हूँ
तेरी बातों को याद कर, खुद को समझाता हूँ

फिर आज क्यूँ मुझे यह बेबसी खा रही है
क्यूँ माँ मुझे तेरी याद सता रही है

तेरा गोदी में सुलाना, आँखों से जताना
रोते हुए चेहरे पर मुस्कान चिपकाना

हँसते-हँसते आज मुझे रुला रही है
क्यूँ माँ मुझे तेरी याद सता रही है...

# वो अर्सा था या एक जमाना

यह उस समय की बात है जब हम अपनी प्रिय अध्यापिका के जन्मदिन पर अपनी क्लास को ऐसे सजा दिया करते थे जैसे कोई राजमहल। वो लंबी-लंबी झालरें और उन झालरों में पड़ी हुई गठरी। जितनी ज़्यादा गठरी उतना अद्भुत आकार और जितना अद्भुत आकार उतना मनमोहक दृश्य।

यह एक अर्से पुरानी बात है। यह वही अर्सा है जिसको ढूँढने के लिए मुझे मेरे बक्से को टटोलना पड़ा। बक्से को टटोलते हुए, कभी मुझे तजुर्बे की किताब मिली तो कभी धोखे में भीगा हुआ रुमाल... चंद तारीफों के सिक्के थे... तो कई मेहनत के पत्ते। इनके और अन्य कई चीज़ों के बीच एक छोटा सा डब्बा पड़ा था।

डब्बा देखा हुआ होने की वजह से, मैं उसे पहचानने की कोशिश कर ही रहा था कि अचानक मेरे दिमाग ने मेरे होंठों को मुस्कुराने की इजाजत देते हुए बताया कि यह यादों का डब्बा है।

मुझे यकीन था कि जिस अरसे को मैं ढूँढ रहा था वो मुझे इसमें जरूर मिलेगा। मैंने उसे खोलने का बार-बार सोचा, पर पता नहीं क्यूँ मेरे हाथ मेरा साथ देने को तैयार ही नहीं थे। होते भी कैसे आखिर इसमें यादें जो कैद थीं।

खुद से काफी देर जूझने के बाद, मैंने आखिर वह डब्बा खोल ही दिया । सोचा नहीं था एक छोटा सा डब्बा इतना कुछ अपने अंदर संभाल कर रख सकता है । उस यादों के हुजूम में, मैं घुस तो गया पर वहाँ सिर्फ एक याद को पकड़ कर बाहर निकल पाना मुमकिन कहाँ था । कुछ संघर्षों के बाद मैंने आखिर उसको बाहर निकाला... बचपन के लिफाफे में कैद वो अर्सा ।

***

झालरें लटक चुकी थी, गुब्बारे लगाए जा रहे थे । सब अपने-अपने काम में व्यस्त थे । होते भी क्यूँ नहीं, मैडम जी के आने का समय जो हो चला था । जहाँ एक तरफ हर कोई अपने काम को अंजाम देने की जल्दी में था, वही दूसरी ओर क्लास का दरवाज़ा खुल गया । यह अध्यापिका तो नहीं, यह कौन है?

छोटे-छोटे बालों में सफेद रंग का बैंड लगाए, आँखों में हल्का सा डर लिए, होंठों पर बेमालूम सी मुस्कान के साथ, रफ्ता-रफ्ता, नन्हें-नन्हें कदमों से अंदर आती हुई यह लड़की कौन है?

उसको जानने की कोशिश में मैं इतना खो गया कि खुद से ही सवाल करने लगा ।

पर वक़्त तो सिर्फ मेरे लिए थमा था, बाकी सब तो वापस अपने-अपने कामों में मगन हो चुके थे ।

नहीं यह पहली नज़र में प्यार हो जाने वाला लम्हा बिल्कुल नहीं था।

मैं ऐसे किसी लम्हें में यकीन रखता भी नहीं। वक़्त लगता है इंसान को खुद से जुदा होकर किसी और का बनने में। यह तो मेरे अंदर की जिज्ञासा थी जो मुझसे शर्त लगा चुकी थी कि उसका नाम रुखसाना है। यह नाम मेरे ज़हन में क्यूँ और कहाँ से आया यह तो मैं आज तक नहीं जान सका।

उसने मुझे पलट कर देखा। डरी हुई उन आँखों में मुझे अब एक प्रश्न सा दिखने लगा। मानो वह मुझसे पूछ रही हो कि, "आख़िर तुम मुझे इस तरह क्यूँ निहार रहे हो?"

कुछ क्षण लगे समझने में... यह सच में एक प्रश्न था जो वह मुझसे पूछना चाह रही थी। मैंने नज़रें चुरा लीं। काम ख़तम करते है जन्मदिन आज ही मनाना है।

***

नाजिया...

नाम के मतलब से अंजान मुझे खुद पर ही नाज़ हो चला।

अब जब यादों का डब्बा खोला ही है तो सिर्फ एक अरसे को जी कर क्या होगा? खुद की तसल्ली के लिए ना सही पर उस वक़्त की कदर करते हुए जो आज भी उसी जगह थमा था मैंने एक लिफाफा और उठा लिया।

बचपन ख़तम हो चला था और जवानी फूट-फूट के बाहर आने को तैयार थी।

मैं तो बड़ा हो गया था पर मेरा प्यार तो बढ़ा ही नहीं।

यह बात जितनी सच थी उतनी ही झूठ। सच से अंजान और परिस्थितियों से परेशान, मैंने यह कभी मानना चाहा ही नहीं कि मुझे भी प्यार हो सकता है। मुझे लगता था जितना चंचल मेरा दिल है, मैं कभी किसी एक पर नहीं रुक सकता। क्यूँ मैं एक पर रुक जाऊँ? क्यूँ सिर्फ एक से दिल लगाऊँ? मैं डरता था।

हाँ यहीं वह सच है जिससे मैं कभी रुबरु नहीं हुआ। जब भी यह सच मेरे सामने आता, मैं इसका मज़ाक बना कर इस पर हँस देता। मेरी हँसी तेज़ होने की वजह से मुझे कभी सच की हँसी सुनाई ही नहीं दे पाई।

लोग आते रहे, लोग जाते रहे। इस आने जाने के लेन-देन पर ना कभी किसी का जोर चला है ना कभी चलेगा। यह जिंदगी का अहम सबक है, जो इंसान जितना जल्दी जान ले उतना उसके लिए अच्छा।

खैर इस लेन-देन के बीच कोई तो था, जो तराजू सा बन गया था। मेरी ज़िन्दगी में जो भी आता उसका मोल, भाव, वजन, दबाव सब यह तराजू पहले ही भाँप लेता। जिस तराजू को बचपन

से जानते थे, उसकी कीमत अब समझ में भी आने लगी थी और आती भी क्यूँ ना आखिर पहली ही नज़र में नाज जो कर बैठे थे।

बस मैं अपने तराजू से लड़ने ही वाला था कि एक तेज़ हवा के झोंके ने मेरी सारी यादों के लिफाफों को तितर-बितर कर दिया। कोई लिफाफा उत्तर की ओर निकला तो कोई पश्चिम की और, किसी ने सोफे के ऊपर चढ़ना लाज़मी समझा तो किसी ने बिस्तर के नीचे घुसना... और मैं बस बैठा देख रहा था अपनी यादों को इधर उधर बिखरते हुए।

आखिर किसके पीछे भागूँ सब अनमोल है। तभी मुझे दादी की वो बात याद आई "खिड़की तो बंद कर दे बेटा"। उन्हें ठंड ज़्यादा लगती थी तो हमेशा खिड़की बंद ही करवाती थी। मैंने खिड़की बंद कर ली।

मेरा कमरा यादों का बागीचा बन चुका था जिसके हर कदम पर मेरी ज़िंदगी से वास्ता रखने वाला एक फूल खिला हुआ था।

मेरे कदमों पर ही एक लिफाफा पड़ा था।
उसमें वह अहसास मेरा इंतजार कर रहा था
जिसे मैं ना जाने कबका भुला चुका था।

यह उन गर्मियों की बात है, जब हम अपना सारा होमवर्क छुट्टियों के आखिरी दो दिन में ख़तम कर देते थे। जहाँ सब छुट्टी

शुरू होने का इंतजार करते थे, मैं उनके बीत जाने की राह देखता था। हर कोई घूमने निकल जाता था और मैं घर की चारदीवारी में वक़्त का गला घोंट रहा होता था। मुझे बड़ा करने में कुछ उम्र का हाथ है तो कुछ तजुर्बे का।

नाजिया भी छुट्टी मनाने अपनी खाला के घर गई हुई थी। आज वह वापस आने वाली थी और कल मेरे घर। अगर मेरा बस चलता तो मैं आज वक़्त को आग लगा के राख कर देता और उसी राख को बिखेर कर रात बना देता। फिर उसी रात में खुद को सपनों के हवाले कर खुद को उसकी बाहों में इस तरह खो जाने देता कि यह जो अकेलेपन से पिछले बीस दिनों में, मेरी इतनी गहरी दोस्ती होई है, वह बीस क्षण में टूट जाती।

पर मेरा बस ही कहाँ चलता है...

जमाने भर के इंतजार के बाद आखिर कल आ ही गया और वो भी, पीले रंग के उस सूट में, जब वह अपनी साइकिल से उतरी और मेरी तरफ देख एक हल्की सी मुस्कान दी। हाए! मैं तो वहीं ढेर हो गया। घने लंबे बालों को बांध वह जो उसने चोटी बनायी थी और आते वक़्त उसे जब अपने पीछे से खिसकाते हुए, कांधे पर रखा। मुझे मेरे दिल के धड़कने की धक-धक साफ सुनाई दे रही थी।

मम्मी-पापा थोड़ी देर में आने ही वाले थे। हमने सोचा उनके आने पर ही होमवर्क शुरू करेंगे, तब तक मैं उसे अपना

Pokemon collection दिखा देता हूँ। उस समय Pokemon का अलग ही नशा था, उम्र की सीमा के परे।

मैंने उसे अपने कमरे में बैठाया और अपनी मेहनत की कमाई को आँखों में शान लिए दिखाने लगा। मैं हर कुछ क्षणों में, उससे नज़र चुरा कर, उसकी निगाहों की ओर देख रहा था और वह भी मुझे देख कर बार-बार अनदेखा कर रही थी।

कुछ पलों की सफल लुका छुपी के बाद हम दोनों की निगाहें टकरा गई। ना उसको नजर चुराने का कोई बहाना सूझ रहा था ना मुझे नज़र हटाने की कोई वजह।

देखते ही देखते मेरी आँखों ने उसके माथे को हल्के से चूम लिया। उसकी बिंदिया शर्मा सी गई।

उसके गालों की लाली, मेरी आँखों का स्पर्श पाकर थोड़ी और बढ़ गई। मेरी आँखें उसके लबों को अपना बनाने धीरे-धीरे आगे बढ़ी ही थी कि... उफ्फ यह खिड़की फिर खुल गई और हवा तो अब इस रफ्तार से चलने लगी कि मानों दो पल में ही मेरी सारी यादों को उड़ा कर मुझसे कहीं दूर ले जाएगी।

वो तुझको तुझसे चुराना, मुझे अच्छा लगता है,

पास आकर रूह में बस जाना, मुझे अच्छा लगता है।

यूँ तो दूर जाने के हम पर मौके थे हज़ार,

पर हर मौके से झगड़ कर तेरी बाँहों में ठहर जाना,

मुझे अच्छा लगता है।

"वो तेरी-मेरी आँखों का टकराना
बिन कहे सब कुछ कह जाना
दीवानगी की सीमाओं को अनजाने में छू आना
वो सिर्फ एक अर्सा था या पुरा जमाना"

# रुखसाना

**1.**

कुछ बरसो पहले मैंने, एक दुआ की थी

उस खुदा से तुझे माँगने की, खता की थी

वो भड़का,

वो भड़का और चिल्लाया मुझ पर

एक अरसे तक कहर ढाया मुझ पर

पर ना जाने कैसे, मेरे प्यार को देख, वो पिघल गया

उसको मुझे सौंप, जुदाई का घूँट, वो निगल गया...


**2.**

कभी परी को देखा है, मैंने देखा है

हकीकत को मेरी, सपना बना दिया

अंजान हुई ज़िंदगी को, अपना बना दिया

उसने आँखो में अपनी, मेरा संसार समा लिया

उसके होंठों पर रुका, तो प्यार पा लिया

खुबसूरती इस बला की, कि ठहरे पानी में तुफान ले आए

उसको कोई तो काला टिका लगाओ, कहीं मेरी नज़र ना लग जाए..

वो प्यार, मोहब्बत की कहानी/ निपुण गुप्ता/36

# कल बेहतर होगा

ज़िन्दगी घायल पड़ी है, पर चेहरे पे मुस्कान है
क्योंकि, यह दिल जानता है, कि कल बेहतर होगा


हारा हुआ दिमाग है, और खोकली पहचान है
जज़्बतों से खेलता, हर एक इंसान है
चेहरे के पीछे छुपा चेहरा भी, हैरान है
पर चेहरे पे मुस्कान है
क्योंकि, यह दिल जानता है, कि कल बेहतर होगा
यूँ तो आँखों ने, ख्वाबों का साथ छोड़ा है
यूँ तो अपनो ने भी रूठ, नाता तोड़ा है
हम सच्चाई से और सच्चाई हमसे,
मिलकर भी अंजान है
पर चेहरे पे मुस्कान है
क्योंकि, यह दिल जानता है, कि कल बेहतर होगा


सिसक-सिसक कर मिट्टी की तरह, तू फिसल गई
अभी तक तो साथ थी, अकेले कहाँ निकल गई
ज़िन्दगी, तू मुझे करती बहुत परेशान है
पर चेहरे पे मुस्कान है
क्योंकि, यह दिल जानता है, कि कल बेहतर होगा

आज खटास थोड़ी ज्यादा है, पर मिठास भी आएगी

जीवन के इस सफर में, हर रंग से दोस्ती हो जाएगी

संभल कर गिरने और गिर कर संभलने से ही,

मेरी पहचान है

और चेहरे पे मुस्कान है

क्योंकि, यह दिल जानता है, कि कल बेहतर होगा...

# उफ!! यह दूरियाँ

एक लम्बे अरसे के बाद जब आप उस शक्स से रुबरु होते हो, जिससे आप रोज़ calls और messages के माध्यम से मिल रहे होते हो, तो कभी ना रुकने वाला समय भी थम सा जाता है।

कुछ यही हाल होता है long disstance relationship में रहने वालों का। हम लोग काफी समय से इस अहसास को रोज़ मेहसूस कर रहे थे।

काश मैं सुबह उठते ही पहली करवट लेकर उसके गाल पर पड़ी उस लट को हटाते हुए उसके बालों में हल्का हल्का हाथ फेर उसको उठाता ना की सिर्फ एक Good morning का message भेज रुक जाता।

काश उसके उठते ही उसके माथे को चूम और हाथ को थाम उसको उसके ख्यालों की दुनिया से चुराकर वापस अपनी छोटी सी दुनिया में ले आता ना की उसको उसके बुरे सपनों और ख्यालों से अकेला टकराने छोड़ता।

काश जब भी वह मेरे किसी बेफिजूल के जोक पर बस मेरा दिल रखने के लिये अपनी कीमती मुस्कान को न्योछावर कर देतीं तो इस निस्वार्थ भाव को देखने के लिये मैं उसके पास होता ना की बस उसके उन दो emoji को देख अपने मन को बहलाता जिसमें

से मुझे ना हँसने की आवज आतीं ना उसके मुस्कुराते चेहरे की झलक दिखती।

काश...

इन कुछ सालों में, ऐसे ना जाने कितने 'काश' के मोतियों को मैंनें उम्मीद के धागे में पिरो कर अपने पास रख लिए था बस इस उम्मीद में की एक दिन इन काशों को मैं दिल भर कर जी सकूँगा।

पर कम्बख्त ज़िन्दगी आपको कब किस मोड़ पर लाकर खड़ा कर देती है, कोई नहीं बता सकता।

इस long distance relationship जैसी बेवफ़ा चीज़ में हम कब किसी की अदरक वाली चाय से बेस्वाद काढ़ा बन जाए, शायद वक़्त के सिवा किसी को नहीं पता। यह 'सब कुछ' से 'कुछ नहीं' तक का सफर इतना तेज़ निकलता है कि खबर होकर भी इंसान बेखबर रह जाते है।

यह उन दिनों की बात थी, जब हम दोनों ने नई-नई नौकरी शुरु की थी। ना मेरे पास यह पूछने का समय होता था कि उसने खाना खाया या नहीं और ना उसके पास मेरी बिना चीनी की चाय को अपनी बातों की मिठास से मीठा बनाने का। इस नई ज़िन्दगी में हम दोनों अपनी पहचान बनाने में इतने मशरूफ हो गए थे कि उस

रिश्ते को भूल से गए जो हमारी आज तक पहचान बन, हमारा साथ निभा रहा था।

जैसे-जैसे वक़्त ने अपनी धार को पैना कर, इस नाम मात्र रिश्ते पर अपने कठोरता के ताने को कसना शुरु किया, उसका झटपटाना शुरु हो गया। ठीक उसी तरह जिस तरह एक मछली झटपटाती है, पानी से निकाले जाने के बाद। पर वो नादान मछली भी मरने से पहले एक आखिरी कोशिश जरूर करती है वापस पानी में जाने की, फिर यह तो इतने सालों के तजुर्बे से बना बूढ़ा रिश्ता था।

उस ज़माने की बात ही कुछ और थी जब प्यार को शब्दों की स्याही में डुबो कर कोरे कागज पर उतारा जाता था और फिर उन जज़्बातों से भरे कागज़ को एक लिफ़ाफ़े में कैद कर, अजनबी के हाथों, उस कोने तक पहुँचा दिया जाता, जहाँ दिल की धड़कन रहती और बेचैनी से दोस्ती कर उसके साथ इंतजार के घूंट पिए जाते।

जितना कम धैर्य उतना कड़वा घूंट और उतनी ही गहरी दोस्ती। उस प्यार में ठहराव था और सब्र भी। तभी शायद उन रिश्तों को फ़ासलों ने राह नहीं दिखाई।

आज के दौर में जब मैं प्यार के चेहरे पर चढ़े मुखौटे को हटा कर उसके वजूद को तलाशने की कोशिश करता हूँ, तो मुझे खालीपन के सिवा कुछ नहीं मिलता।

इस नई पहचान में मुझे काफी सारे नए चेहरे मिले, जिन्हें बिना सोचे समझे मैं अपना मित्र कहने लगा। दिन की शुरुआत से लेकर शाम के ढलने तक, रोज़ आप जब किसी के साथ रहते हो तो एक अनकहा सा खिंचाव दोनों के बीच हो जाता है। इस खिंचाव को लोग प्यार का नाम दे देते है, आज के दौर में।

पर शायद मैं हर चेहरे में उसे ढूँढ, उसके दूर जाने के बाद आए खालीपन को भरने की कोशिश कर रहा था। उसे खोने के डर के साथ।

इंसान के अंदर का भावना केंद्र, नई वस्तु को चाहे वो जीवित हो या निर्जीव, अधिक मुलवान क्यूँ करार देता है, मैं समझने में आसमर्थ रहा हूँ।

कब मेरे दिन की सुबह, उसके बिना, उत्सुक और ढलती शाम खुशनुमा होते चले गए, मैं नहीं जनता पर हाँ उस काश की माला के मोती एक गिनती पर आकर रुक गए थे यह मुझे महसूस होने लगा था।

बातों का सिलसिला भी अब कुछ खास नहीं रहा। मुझे फीकी चाय पसंद आने लगी। नादान मछली भी दम तोड़ चुकी थी बस उसे मृत घोषित करने की देर थी, पर यह जिम्मेदारी भरा काम ना उसने करना चाहा ना मैंनें।

जब आपकी चाहत मरती है तो बहुत जोर से आवाज आती है, पर जब आपकी आदत मरती है तो बस सन्नाटा रह जाता है... गहरा अंधेरा सन्नाटा।

चाहत बदल गई थी और आदत भी पूरी कोशिश में थी, पर ना जाने कहाँ से तजुर्बे ने बीच में आकर दोनों का हाथ थाम उनको सही राह की ओर धकेल दिया।

एक लम्बे अंजान अरसे के बाद, मैं उससे रुबरु हुआ। कुछ नई नई पनपती चाहतों के और कुछ अभी अभी मरती आदतों के साथ।

वह एक टक मेरी निगाहों में देखे जा रही थी, मानों खुद को तलाश रही हो और मैं उससे आँखें चुराने की पूरी कोशिश कर रहा था, बस यह सोच कर कि कहीं खुद को मेरी आँखों में ना पाकर उसको बुरा ना लग जाए।

उसने अपना हाथ हल्के से उठाते हुए मेरे गाल पर रख दिया, मैं रो दिया। या यूँ कहें कि मेरी आँखों से वो सारी नई-नई पनपती चाहतों ने एक क्षण में मेरा साथ छोड़ दिया और तड़पती हुई आदतों को वापस जीने की वजह मिल गई।

मैं पूरी रात उसकी गोद में सर रखकर रोता रहा। ना उसने एक शब्द कहा ना मैंने, पर उस रात हमने जितनी बातें करी शायद ही कभी की होंगी।

जैसे-जैसे उसने मेरे बालों में अपना हाथ फेरना शुरु करा, वैसे-वैसे मेरा खालीपन सम्पूर्णता से भरता गया । वही सम्पूर्णता जिसे मैं जमाने भर में ढूँढ रहा था ।

सुबह वापस जाने से पहले उसने धीमे स्वर में पूछा, "तुम क्या चाहते हो?"

मैं बस इतना बोल पाया कि:

*हर इज़हार में तेरा इकरार चाहता हूँ,*
*दूरियों के साथ ही सही बस तेरा प्यार चाहता हूँ ।*

एक वो दिन था और एक आज का दिन है । मैं वही खड़ा हूँ, जिन्दगी के उस ही मोड़ पर । अपने बढ़ते हुए काश को अपने हाथ में थामें और इन्हें जीने के लिए तुम्हारे इंतजार की बेचैनी आज भी उतना ही है जितनी कुछ साल पहले थी ।
उफ! यह long distance relations भी ना...

"यह दूरियाँ कह रही हैं मुझसे, आज तुम्हारी याद बाटेंगी

कुछ खट्टी कुछ मीठी, हर तरह की फरियाद बाटेंगी

जो तुम तक कोई फरियाद पहुँचे, तो उदास ना होना

नादान हैं यह, यादों के लम्हों को ऐसे ही काटेंगी"

# काश

ताक रहा हूँ उस बस को, जो तुझे ले जा रही है
मुझे तो तेरी याद अभी से सता रही है
कल शायद यह फीकी पड़ जाए
पर आज तों खूब रुला रही है


काश,

वो मेरी खराब घड़ी में ठहरे वक़्त के जैसे
रुक जाती तू भी बिना करे; क्या, क्यूँ और कैसे
तेरी आँखों में छुपी मायूसी को हँसी के तलाब में धकेल देता
वो बचपन में तुझे धकेला था ना, ठीक वैसे


काश,

तेरी लट को उठा कर कान तक पहुँचाता
माथा जो चूमती, तों होश फिर गँवाता
हर लम्हें को खुशियों के डब्बे में भर
बेसुरा ही सही, पर तेरे लिए दोबारा गुन-गुनाता


काश,

रात भर तुझसे बातें यूँ करता
बिन बोले तेरे शब्दों को आँखों से पढ़ता

वो प्यार, मोहब्बत की कहानी/ निपुण गुप्ता/48

तकिए के सिरहाने रख कर सब मलाल
मुस्कुराते तेरे होंठों की अदाओ पर मरता

अब जो तू आए, यह काश छोड़ आना
अपने और मेरे दर्मिया यह दूरियों की जंजीर तोड़ आना
आँख झुका कर माँगता तुझसे एक दुआ हूँ
अलग करना हो जाए नामुमकिन,
खुद को मुझसे कुछ इस तरह जोड़ जाना...

वो प्यार, मोहब्बत की कहानी/ निपुण गुप्ता /50

# घर से दूर एक घर

एक घर है मेरा, मेरे गाँव से दूर
माँ बाप की छत्रों छाँव से दूर...

जहाँ सपने हम, रोज़ भूल जाते हैं
जहाँ सब अपने, अजनबी कहलाते हैं
एक ऐसी जगह, जो है मुस्कान के सैलाब से दूर
एक घर है मेरा, मेरे गाँव से दूर...

जहाँ सुबह होती है, शाम के बाद
भूख लगती है, आराम के बाद
जहाँ हकीकत जलती है, ख्वाब से दूर
एक घर है मेरा, मेरे गाँव से दूर...
जहाँ अपनो की कमी, हर रोज़ सताती है
गीले तकिए में, माँ नज़र आती है
इन बढ़ती इमारतों में, उस बरगद की छाँव से दूर
एक घर है मेरा, मेरे गाँव से दूर...

इस भागती दुनिया में, जीने के लिए
अपनी असफलताओं के घूंट अकेले, पीने के लिए

प्यार के सागर में तैरती, नाव से दूर
यह घर है मेरा, मेरे गाँव से दूर...


माँ बाप की छत्रों छाँव से दूर,
यह घर है मेरा, मेरे गाँव से दूर..

# मुखौटा

मैं घर से निकला हूँ जमाने से टकराने को
कल के किस्से आज फिर से दोहराने को
एक मिनट
अरे एक मिनट मेरा मुखौटा रह गया
या यह कह लो मेरी पहचान है वही
जिसे लोग जानते है, इंसान है वही

देखो हँस रहा है
अपने आँसुओं को छुपाए
सुन रहा है सबकी अपने ख्वाबों को दबाए

अपनी मर्ज़ी का मालिक है,
फिर भी मर्ज़ी से कुछ करता नहीं
चिपक गया है चेहरे पर
अब चाह कर भी उतरता नहीं
इसके बिना लोगों से मैं अंजान हूँ
आईने में खुद को देख मैं हैरान हूँ
इसके साथ दुनिया का हर गम मैं सह गया,
एक मिनट
अरे एक मिनट मेरा मुखौटा रह गया...

वो प्यार, मोहब्बत की कहानी/ निपुण गुप्ता /56

# बस लौट आना

सुनो तुम बस लौट आना
चाहे कितनी भी दूर चली जाओ
फर्क नहीं पड़ेगा चाहे दिन में आओ या रात में आओ
सुनो तुम बस लौट आना...


क्यूँकी मैं जानता हूँ, यह दूरियां हमारी
ना मांगी है मैंनें, और ना चाह है तुम्हारी
यह तों बस वक़्त का तक़ाज़ा है
जिसने तुम्हें नई खुशियों से नवाज़ा है
जब इनसे हार जाओ, तब मुड़कर मुझे अपनाना
सुनो तुम बस लौट आना...
मैं चाहता हूँ, तुम मेरे बिना जियो
खुशी और गम के, घूंट भी पीयो
लोगों की परख कर, खुद को उड़ने की जगह दो
ना की हर गुज़रते लम्हें के साथ,
खुद को याद में डुबा दो
मैं सहारा हूँ तुम्हारा, लाचारी मत बनाना
सुनो तुम बस लौट आना...


यह जो फासला है हमारा, महज़ लम्हें भर का ही तो है
तुम वहाँ हो, पर तुम्हारा अहसास यहीं तों हैं

बाँहों में फिसल कर, मेरे सुकून में खो जाना
उस पल में दुनिया से दूर और मेरे करीब खुद को पाना
जी तो लेती हो मेरे साथ,
पर खुद के साथ जीना सीख जाना
सुनो तुम बस लौट आना...

# मोहब्बत

आज के दौर में लोग मोहब्बत को बड़ी ही अचंभित और गम्भीर निगाहों से देखते हैं। इसकी सरलता से हैरान और निर्मलता से अंजान हर कोई इससे भयभीत फिरता है।

मोहब्बत के हर अंश को लोगों ने गलत समझ लिया है। आज कल प्यार का बोल बाला है।

प्यार जो हर गली मोहल्ले में नुक्कड़ पर बिक रहा है, बस कुछ मामूली से सिक्को के बदले।

जहाँ तक मैं समझ पाया हूँ; प्यार, मोहब्बत का एक छोटा सा हिस्सा है। आज कल गली मौहल्ले के नुक्कड़ पर बिकने वाला नहीं, दादा-दादी के जमाने वाला प्यार। वो प्यार जहाँ एक अंजान के साथ, जिसके नाम के सिवा हमें उसके बारे में कुछ खबर नहीं, पूरा जीवन बिताने का आदेश दे दिया जाता था और हम चुप-चाप, विद्रोह को अपने सीने में दबाए, उस आदेश का पालन करने में लग जाते।

पर जैसे-जैसे वक़्त अपनी रफ्तार पकड़ता हमें उस विद्रोह के दम घुट कर मरने की आवाज़ साफ सुनाई देने लगती।

Sssh इस जमाने में प्यार मोहब्बत जैसे शब्दों का उपयोग वर्जित है।

मैं आज भी जब अपने दादा को दादी के पीछे-पीछे भागता हुआ देखता हूँ, तो उनके चेहरे की झुर्रियों तक में मोहब्बत को टपकता हुआ पाता हूँ।

उनकी बेचैनी को उनकी आँखों में महसूस करा जा सकता है, जब दादी उनकी निगाहों से कुछ समय के लिए ओझल हो जाती है और किस तरह दादी, गुस्से में होकर भी दादा का ध्यान रखना नहीं भूलती। उनकी ना बदलने वाली आदतों से परेशान होकर भी उनको समझाना नहीं छोड़ती।

यह उस जमाने का प्यार है जिसने वक़्त के सभी उतार चड़ाव साथ में देखें हैं और धैर्येपूर्व चलते-चलते मोहब्बत में बदल गया है।

एक बहुत छोटा सा अंतर है प्यार और मोहब्बत में- प्यार आप इंसान की अच्छाइयों से करते हैं और मोहब्बत इंसान से।

मैं तुमसे प्यार करता हूँ। कितना अधूरापन सा है इसमें, मानो बस दिल रखने के लिए कह दिया हो।

प्यार तो मुझे भी है, हर उस शख़्स से जिसने मेरे लिखे को अपना कीमती वक़्त दिया, हर उस शक्स से जिसने मेरे गिरने को भी मनोरंजक बना कर मुझे हँसा दिया, हर उस शक्स से जिसने

कड़क सर्दी में गर्म कपड़े ना पहनने के लिए मुझे गाली दी । प्यार मुझे बहुत लोगों से है पर मोहब्बत, मोहब्बत सिर्फ एक से ।

यह सफर बड़ा ही रोमांचक सा रहा है । कभी दोस्त तो कभी दुश्मन, कभी चाँद सा दूर तो कभी परछाई सा पास, कभी पल-पल का जिक्र तो कभी महीने भर की ना रही खबर, नादान मैं और मेरा हमसफर ।

किंग खान ने कहा था- "प्यार दोस्ती है ।"

एक दम सच है ।

हर रिश्ते की शुरुआत दोस्ती से ही होती है । एक दूसरे को जानना-पहचानना शुरु करा जाता है, एक दूसरे को उनकी अच्छाइयों और बुराईयों के पैमाने पर तोला जाता है और अगर किसी की तरफ आकर्षण ज्यादा हो तो चुपके से उसकी बुराईयों को तराजू से नीचे धकेल दिया जाता है ।

हमारी दोस्ती हो चुकी थी । बातों का सिलसिला भी जोरो-शोरो पर था पर sssh, पुराने जमाने की तरह चुपके-चुपके, प्यार मोहब्बत जैसे महारथियों के बिना ।

यूँ तो हर रोज़ क्लास में हम एक दूसरे से मिलते थे, आँखों में प्यार लिए; जिसे हमने फिलहाल दोस्ती का नाम दे रखा था, पर जब भी बात करने की कोशिश करते ना मेरे शब्द मेरा साथ देते, ना उसके शब्द उसका ।

यह शब्द बड़े ही पक्षपाती है जुबान का साथ छोड़ बस कलम से चिपके रहते हैं।

स्कूल में उसके साथ होने के बाद भी मैं स्कूल ख़त्म होने का ही इंतजार करता क्योंकि उससे बात करने के लिए मुझे फ़ोन के मैसेज का सहारा लेना होता था। उस दौर में मैसेज पर रोक लगी हुईथी, दिन के सिर्फ 100 मैसेज। सिर्फ 100...

यह नम्बर मात्र कुछ घंटो में, 1 का साथ छोड़ शून्य में तब्दील हो जाता था।

ऐसा नहीं है कि हम सिर्फ एक दूसरे का हालचाल पूछ कर "और बताओ", "और बताओ" करे जा रहे थे। वह तो 100 अंक के साथ नाइंसाफी होती।

हम घूमने जाते थे, अपनी-अपनी कल्पना की कश्ती पर सवार होकर, एक दूसरे के साथ एक ही जगह। हमें हमारे NARNIYA को ढूँढने के लिए किसी अलमारी की जरूरत नहीं पड़ी, वो तो हमारी आँखों में ही था, बस आँखें बंद करने की देर थी।

हम घंटो एक दूसरे के साथ किसी अंजान जगह पर घूमते रहते। बेफिक्र... बेखौफ़...

पर जब-जब एक तरफ खुशी का लावा फूटा है, तब-तब दूसरी तरफ ईर्ष्या का बांध जरूर टूटता है।

हम खुश थे, पर शायद हमारे आस पास वाले नहीं।

हृदय परिवर्तन इतना आसान होता है यह मैंने कभी नहीं सोचा था। कुछ ईर्ष्या से भरे वाक्य, कुछ गलत राह पर धकेल दिए गये संवाद और कुछ अपनापन झलकाते शब्द जाने पहचाने चेहरों से। बस इतना ही काफी है, परिवर्तन के लिए।

पता ही नहीं चला कब आस पास घूम रहे लोगों का ज़हर हमने अपने हृदय में उतार लिया परिवर्तन के लिए।

अपनी सच्चाई से अंजान हम खुश थे, अभी भी, साथ में नहीं अलग-अलग। वह अपने जानने वालों के साथ और मैं अपने चाहने वालों के साथ।

राहों से भटके थे, पर खुश थे।

इन भटकी हुई राहों में हमने बहुत कोशिश करी कोई किनारा, कोई सहारा ढूँढने की पर निराशा के सिवा कुछ हाथ ना लगा। ज़िंदगी में कोई भी आ-जा रहा था, तराजू की कमी खलने लगी, पर घमंडी दिमाग ने पलटने ना दिया।

हम दोनों एक दूसरे को रोज़ देखते, मगर दूर से। रोज़ एक दूसरे को जीते, मगर दूर से। रोज़ मैं उसके चेहरे पर लगे मुखौटे के पीछे बहते आँसुओं को पोंछता, मगर दूर से।

लोगों ने हम में इतनी दूरियाँ पैदा कर दी थी कि ना वो इन्हें तैर कर कम करना चाह रही थी, ना मैं। करे भी तो कैसे आखिर सिर्फ प्यार ही तो था, दोबारा हो जायेगा।

बस इस ही सोच को बदलने के लिए एक ऐसे लम्हें ने जन्म लिया जिसके सामने घमंडी दिमाग ने घुटने टेक दिए।

उस रोज़ basketball का एक तरफा मैच चल रहा था। हम लगातर कोशिश के बाद भी 2 पॉइंट से पीछे चल रहे थे। आखिर के 3 मिनट का खेल बचा था। हमारी टीम ने Strategy बनाई की हम हाफ़ लाईन क्रॉस करते ही सब बास्केट के नीचे तक पहुँचने की कोशिश करेंगे और जो भी वहाँ सबसे जल्दी पहुँचेगा उसको पास देकर पॉइंट कर देंगे, बस एक बास्केट और जीत पक्की।

रेफरी की सीटी बजते ही हमने बास्केट की ओर तेज़ी से दौड़ लगायी, अपने रास्ते में आए खिलाडी को चकमा देते हुए, मैं बास्केट के नीचे पहुँचा और जैसे ही बॉल माँगने के लिए पीछे घुमा मेरी नज़र लोगों की भीड़ में खड़ी उस लडकी पर जा रुकी, जो भीड़ में छिप कर जोर-जोर से मेरा मनोबल बढ़ा रही थी।

उसके खुले लहराते हुए बाल, बड़ी बड़ी आँखें, गुलाबी होंठ जिनपर सिर्फ मेरा नाम था। पर अचानक उसके माथे पर यह शिकन सा क्यूँ आने लगी

धाअअअअम... उड़ता हुआ बास्केट बॉल सीधा मेरी नाक पर आकर लगा।

टप...टप... नहीं यह खून की आवाज नहीं थी। यह उसके आँसू थे, जो उससे बेवफाई कर, उसकी आँखों का साथ छोड़, धरती से जा मिले।

वह मेरी तरफ भागती हुई आई, जमाने की परवाह करे बिना। या यह कहना ज्यादा उचित होगा कि उसने वह दूरी खत्म कर दी, तैर कर।

हमारी टीम तो मैच हार गई, पर मैं जीत गया।

एक वो दिन था, एक आज का दिन है। वह उस दिन भी मेरे साथ थी, वह आज भी मेरे साथ है।

हाँ, हमने इस साथ में कई उतार-चड़ाव देखें हैं। कई आदतों को जरूरत, और जरूरतों को इतिहास बनते भी देखा है।

अब वह रोती नहीं जब मुझे चोट लगती है बल्कि जोर से हँस देती है, मुझ पर; फिर बड़े ही प्यार से उस चोट का सारा दर्द खींच लेती है एक चुटकी में। हकीम सी लगने लगी है... मेरी मोहब्बत।

प्यार की तरह मोहब्बत, जंजीरों की मोहताज नहीं। इसमें समझदारी है, बचपना नहीं; धैर्य है, उत्सुकता नहीं; ठहराव है, व्याकुलता नहीं; एक से है, अनेक से नहीं।

इस प्यार को मोहब्बत में तब्दील होते बहुत बारीकी से महसूस करा है मैंनें।

आदात से फितरत तक के सफर में, मैंनें खुद को उसमें इतना पा लिया है, जितना मैं कभी खुद में भी नहीं मिल पाता। अब बस खुद को जीना चाहता हूँ, रुखसाना में...

नुक्कड़ पर बैठे प्यार ने मोहब्बत से जब इतराते हुए पूछा,
हज़ारों जज़्बातों को ढाल बनाते हुए पूछा,
"आज कल बड़ी गुमसुम सी रहती हो, क्या बात है मोहब्बत
किस के खयाल में खोई रहती हो?
क्या तुम्हें भी प्यार हो गया?"

हँसते हुए मोहब्बत बोली,
"हर इश्क़ बेकरार नहीं होता,
किसी की याद में खोना प्यार नहीं होता
रिश्ते तो बहुत बनते है जमाने में,
पर हर रिश्ता मोहब्बत का हकदार नहीं होता।"

# कल और आज

मैं रोज़ उसे सोच-सोच, वक़्त बर्बाद करता हूँ
मैं आज में होकर भी, कल को याद करता हूँ


वो कल, जो आज से ज्यादा प्यारा है
वो कल, जिसके आज में होने से लगता, आज भी दुलारा है


कल में वो है, आज में सिर्फ उसकी याद साथ है
रेत की तरह निकलता, हाथों से उसका हाथ है


इस कल और आज में, मैं कहीं खो गया हूँ,
उसको ढूँढते-ढूँढते मैं, खुद से दूरहो गया हूँ


मिलूँगा उससे किसी रोज़ उस मोड़ पर, ज़िंदगी आज़माने के लिए
कल को आज, और आज को कभी नहीं, बनाने के लिए...

# वो लम्हा

वो लम्हा अभी भी मेरी आँखों में ठहरा सा है

वो लम्हा जब मैंनें तुझे अपनी आँखों से छुआ था

वो लम्हा जब मेरे दिल को कुछ तो हुआ था

वो लम्हा जब मैंनें तुझे अपनी बाँहों में भर, सुकून को पाया था

वो लम्हा जब मुझे प्यार तुझ पर थोड़ा ज्यादा आया था

वो लम्हा जब मेरे लबों ने तेरे लबों को महसूस किया था


वो लम्हा जब तू सिर्फ मेरा हुआ था

वो लम्हा जब तूने अपने सर को मेरे कांधे पर झुकाया था

वो लम्हा जब मैंनें पूरी दुनिया को भुलाया था


वो लम्हा जब तेरे चेहरे पर मुस्कान छाई हुई थी

वो लम्हा जब तू मुझमें समाई हुई थी

वो लम्हा जब मेरे हाथ में तेरा हाथ था

वो लम्हा जब मेरे पास तेरा साथ था

हाँ वही लम्हा, अभी भी मेरी आँखों में ठहरा सा है...

www.ingramcontent.com/pod-product-compliance
Lightning Source LLC
La Vergne TN
LVHW041115180726
843490LV00003B/1008

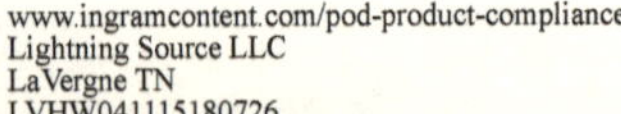